浪兒의
바보사랑 두 번째 이야기

가을은

낙엽을
잃기만
나무를
버리기
않는다

浪兒의
바보사랑 두 번째 이야기

초판 1쇄 인쇄   2014년 08월 25일
초판 1쇄 발행   2014년 08월 29일

지은이   浪兒(본명 박미나)
펴낸이   손 형 국
펴낸곳   (주)북랩
출판등록   2004. 12. 1(제2012-000051호)
주소   153-786 서울시 금천구 가산디지털 1로 168,
               우림라이온스밸리 B동 B113, 114호
홈페이지   www.book.co.kr
전화번호   (02)2026-5777
팩스   (02)2026-5747

ISBN   979-11-5585-205-7 04810
            979-11-5585-204-0 04810 (set)

이 도서의 국립중앙도서관 출판시도서목록(CIP)은 서지정보유통지원시스템 홈페이지(http://seoji.nl.go.kr)와
국가자료공동목록시스템(http://www.nl.go.kr/kolisnet)에서 이용하실 수 있습니다.
(CIP제어번호: CIP2014025217)

浪兒의
바보사랑 두 번째 이야기

가을은

낙엽을
읽기만
나무를
버리기
않는다

북랩 book Lab

愛 別

시간이 지나가
사랑을 시들게 하기만을 바랄 뿐

어쩜
오래 전에 헤어짐을 준비하지 못한
내가 미워 울지 몰라

사랑한 만큼
상처로 돌아오는 현실 앞에
-다신 사랑하지 않으리라- 맹세하면서도

정작 돌이켜보면

무수한 날들

얼마나 많은 슬픔 삼키며

다짐했던 것인지

잊혀짐을 나무랄 수 없는 것처럼

지금의 너에 대한 미련

탓할 수 없는 거지

어릴 적 너무나 소중하게 간직하던 인형

그때는

그것이 가장 소중했는데

지금은 그 흔적조차 희미해

오래된 물건이

시간이 가면

천천히 닳아 없어지듯

너와의 사랑

이제는

시간에 닳고 헤어져

세월에 시들어 가길 바래야겠지

잊혀짐을 기다릴 수 없는 것처럼

너와의 만남을

후회해선 안 되는 걸

하지만

한없이 여위어 가는 나는

그리움의 깊이만큼 무너져 가고

박미나의 바보사랑 두 번째 이야기

가을

이별의 노래 앞에

눈물은

비가 되고

바다 되어

내가 되어

끝도 없이 빠져만 가지

그대로

밑으로 밑으로 가라앉다

자신에 대한 집착도 버리고

내 안의

널 향한 집착도

깊은 바다에 묻으면

내 몸은

풍선처럼 가벼워져

두둥실 수면 위로

떠오르겠지

숨을 쉬는 것조차 고통인 걸

나 홀로 남겨진 세상에는

널 위한 사랑만이

날 위한 이별만이

사랑은 기다림에 익숙하기도 하지

돌아오리라는 것을 믿음은

서투른 나의 바램

하지만 그대

보고 싶다

생각되면 언제든 전활 해

모든 것을 주고도

정작 줄 수 없는 건

못다 한 널 위한 사랑

사랑할 때보다
이별 후에 더 짙게 남는
이 무수한 감정을
넌 집착이라 나무랬지

사랑보다 짙은 이별은
그리움에 날 묻고
한참을 너의 흔적에 날 묶어
이미 내가 아닌 나로
날 괴롭히는 나는
너에게로 가는 길에만 행복인 걸

낙엽 지는 가을은
이별을 말하기에
너무나 슬퍼

그대
-슬픈 가을에는 떠나지 마라
시린 겨울에는 내 곁에 있어-
애타게 애원하는 날
얼음보다도 차갑게 뿌리치고 떠나

남겨진 너와의 사랑
내 안에서 검게 타고
몇 번이고 입술 깨물어
그 괴로움 잊어 보려 하지만

타지 못한 사랑은
꺼지지 않고
아픔으로 타야
내 것이 아닌 걸

계속 타다 보면
그대를 위한
모든 흔적조차 없어지겠지

시간은 널 버리고
사랑은 날 버리네
안녕
나의 사랑

그대 다신 돌아오지 마라
기억 속의 너
다신 다가오지 마라

안녕

제발
그대로 내 속에 타서
다신
흔적조차 남지 않기를…

愛別 후
남은 세 가지

기다림은
아직 남은 그를 위한
'사랑'이고

아픔은
그를 사랑한
'깊이'이며

미련은
미안해하는 사랑에 대한
'자책'이다

2014년 2월 1일
"가을은 낙엽을 잃지만 나무를 버리지 않는다"
바보사랑 두 번째 이야기

From 파도의 아이

차례

제1장

바보
사랑

당신은 꿈을 향해 달려가고
저는 당신을 꿈꿔요
그대!
꿈을 향해 얼만큼 가셨나요?
저는 당신께 어디쯤 있나요?

닮은 꼴

하늘에 물린 구름
내 안에 묶인 너

꿈

꿈이 있어요!

가슴에 품은 꿈
머릿속 맴도는 꿈

당신께는 꿈이 있어요!

저보다 많이 품어야 할 꿈들이 있어서
저는 매일 매일 잊혀지는 걸요

당신께는 꿈이 있고
제 속에는 당신이 있어요

제게도 꿈이 있어요!

당신의 시선 간직하고픈 꿈

당신과 함께하고픈 미래에 대한 꿈

어제 오늘 내일

당신은 꿈을 향해 달려가고

저는

지금과 후로의 시간이

당신께 묶여 움직일 수 없네요

당신은 꿈을 향해 달려가고

저는 당신을 꿈꿔요

그대!

꿈을 향해 얼만큼 가셨나요?

저는 당신께 어디쯤 있나요?

박미나의 바보사랑 두 번째 이야기
가을

바람사랑

보고픈 당신
비밀스럽게 스치는
바람이고 싶어요

당신께
시원한 바람으로
행복을 주어도
알 수 없는
바람이고 싶어요

다가서서
사랑한다
맘 놓고 외쳐도
찾을 수 없는

바람이고 싶어요

구속하지 않는 바람처럼
사랑하고 싶어요

온몸을 감싸도
알 수 없는 바람

바람 되어
바람처럼 사랑하고 싶어요

당신을 만나 생긴 작은 습관들

혼잣말을 하곤 해요
괜시리 웃곤 해요
거울을 보는 시간이 길어져요
기상 시간이 빨라져요
길을 가다가 웨딩숍에 시선을 두기도 해요
커피 한 잔을 마셔도 향기에 취해요

당신을 만난 이후로 생긴
작은 습관들입니다

왜 이리 부족한가요

왜 이리
부족한가요

눈물이 나요

당신을 사랑해서
눈물이 나요

당신과 나
자라온 환경이 다르고
가진 것이 다르고
그저
선택할 수 없는 세상에
태어나

박미나의 바보사랑 두 번째 이야기
가을

하나님은
제게
행복하라 했는데

믿음, 소망, 사랑 중
그중에 제일로 사랑하라!
하셨는데

당신을
사랑할수록
아픔만 더하고
행복할 수 없네요

종일토록
당신과 이별을 해요

왜 이리도
부족한가요

뒤돌아서도

성큼 다가선 당신께

여전히

못·다·한

말

사랑합니다

가을

제2장

사랑과 이별

사랑!
그 끊임없는 도전에 관하여…

이별!
이별을 시작하지 못한
사랑의 끝에서
미련의 강에서…

수줍고 귀엽게

요즘 내 삶은

참으로

아름답고 풍요롭고

평온하다는 것입니다

그리고

더하여

이 해가 가기 전

당신을 만났다는 것입니다

참으로 행복하다는 것

가슴이 따뜻해서

내 사람이다

가슴이 넓어서
보고 싶다

오래된 연인처럼
편하다는 것입니다

오늘 더하여 행복한 것은
올해가 가기 전
당신과 함께한 시간이
달력에 있다는 것이고
그 시간이
걸어가는 초침처럼 살아서
과거가 아닌
미래로 조금씩

향기롭게 움직인다는 것입니다

사랑해요!

수줍고

귀엽게

告白
수줍은 봄에 하는 고백

아침저녁 같은 기온과 온도가
봄소식을 전하듯
저를 향한 당신의 마음
어제와 오늘
기쁠 때나 슬플 때
한결 같을 때
비로소
당신의 진한 향기를 느껴요

사랑이란
어제와 오늘 그리고 내일
수줍은 소녀가 되어
봄을 기다리듯

한결 같이 당신을 기다리는 것

기쁠 때나 슬플 때나
그대의 마음
변함없이
함께 하는 것

낮과 밤의 온도가 나란히 서서
봄이 오듯
초라하든 화려하든
그 기온 그대로
곁에 있어주시는 당신
고마워요

그리고
이제야 비로소
고백해요

사랑해요

어제도 오늘도 내일도
기쁠 때나 슬플 때나
봄처럼
당신만을…

당신은 사랑입니다

당신은 설레게 합니다
당신은 절 설레게 합니다

당신은
제 눈에 보이는 모든 것을 아름답게 만드는
마술사입니다

어제까지 행복하지 않은 햇살도
오늘은 웃음이라 표현하고
하루가 가는 저녁의 기도도
슬프지 않은 소망의 노래로 가득한 걸요

사랑합니다
사랑합니다

당신은 사랑입니다
당신은 그냥 사랑입니다

당신은
제 사랑이 아니라
사랑입니다

보이는 모든 실체를 행복하게 해 주는 마술사입니다

사랑이란?

현재의 설레임입니다
오늘의 당신입니다

전쟁

매일 매일

당신과 전쟁을 치러요

하루하루 당신께 전진해요

당신께

다가설수록

이이러니하게도

당신께 백기를 드네요

사랑이란?

당신께 전진할수록

백기를 드는 비굴한 전쟁인 걸요

이별 느낌

누구나 울 수 있을 때 우는 건 아니여요
누구나 보고 싶을 때 볼 수 있는 건 아니여요
누구나
당신을 사랑할 수 있는 건 아니겠죠
자꾸 악몽을 꿔요
한 걸음 뒤에 있어도
멀리 가신 것처럼 느껴져요
함께하는 시간에
외로움에 눈물이 나요
이제 그만 했음 하면서도
지쳐도 다시 일어나는
당신을 향한 열정에 눈물이 나요
지금 이 시간
꺼져있는 당신의 핸드폰이

절 힘들게 해요

이별이 아프지 않은 이유는

상처로 너무 멀리 와 있기 때문인 걸요

이별을 선택하는 이유는

당신이 제게 주신 상처가 크거나

당신을 제 마음에서 놓아 주거나

사랑과 이별 사이

사랑은 이미 끝이라 했는데
이별은 시작되지 않았나보다

사랑과 이별 사이
사랑한 시간만큼
기다림과 그리움
그리고
미운 미련의 강이
너와 내게 여전히 흐르나보다

사랑은 이미 끝이라
이별한 줄 알았어요

미련한 미련의 시간을 지나

레테의 강에 몸을 적셔 나와

이별을 시작한 후로도

오랜 시간이 지나야

비로소

사랑과 마지막 인사를

아프지 않게 나눌 수 있나보다

이별을 시작하지 못한

사랑의 끝에서

미련의 강에서

대체 무엇으로 때리시는지

대체 무엇으로 때리시는지
상처 하나
멍든 자국 하나 없이
이리도 아픈 걸요

대체 무엇으로 때리시는지
깨어지는 조각 남김없이
부서진 흔적 하나 없이
이리도 아프게 허물어지네요

대체 무엇으로 때리시는지
오늘은 병원에 가야겠어요
대체 어느 병원에 무슨 과로 가야 하는지

왜 그리 멀리 가셨나요

왜 그리 멀리 계신가요
왜 그리 멀리 계신가요

작은 불꽃 하나 켜 놓고
이 밤
내 속에 스미는 당신의 향기
텅 빈 커피 잔에 담아 두고

몇 초 전에 담겨진 커피 한 잔과
지금 남겨진 몇 초의 커피 향과
그대로 그려지는 당신의 얼굴과
흐려지는 지금의 기억과
어제의 미련과
오늘의 아련함과

내일의 기대와

닿을 수 없는 당신을 향한 미련한 메아리와

돌아올 수 없는 이 시각

한 축의 시계 바늘 속 찰나에

그대로 잡혀진 당신을 불러보아요

왜 이리 멀리 계신가요

왜 이리 멀리 계신가요

하루에도 몇 번씩

내 안에 서서

그리도 멋진 웃음 웃어 주는 당신

내 머리 속에 떠나지 않는 당신

왜 이리 멀리 계신가요
어제도 오늘도 내일도
시선 닿을 수 없는 곳에서
방황하시나요

어릴 적 영화 속
순간 이동을 하는 마법사처럼
당신은
왜 그리 멀리 계신 뒤에
곁에 계신가요

눈물이 나요
그리움의 눈물이
한줌의 사랑이

왜 그리 멀리 가셨나요?

왜 그리 멀리 가셨나요?

돌아갈 수 없는 곳으로 달리다

주저앉아 버렸습니다
한없이 울었습니다

일어나 걸었습니다
한없이 걸었습니다

바람을 타고 달렸습니다
한없이 달렸습니다

널 찾아
돌아갈 수 없는
너와의
추억의 부락으로

돌아보면

돌아보면

십분 전 오분 전 일분 전

다 기억할 수 있는데

당신과의 시간

돌아보면

마지막 시간뿐인 걸요

기억나지 않는 걸요

노래는 바람에게 배우고
글은 하늘에게 배워서

노래는 바람에게 배우고
글은 하늘에게 배워서

사랑은 그대에게 배우고
이별은 나 혼자 알아서

슬픈 노래는 바람이 찬 날에
아픈 글은 흐린 날에 쓸 수 있네요

사랑은 그대에게 배워서
사랑이란 작은 공 당신께만
던지네요

이별은 나 혼자 알아서

손가락 하나로

뿌예진 창문에

이별이란 두 단어

홀로 쓰고 우네요

회색 하늘 아래서

바람이 차가운 날에

이어폰

한쪽 귀에 들리던 음악소리가 안 들리던 날
나는 과거의 이어폰을 버리고
새로운 이어폰을 샀다
더 이쁘고 더 잘 들리고 더 비싼 것으로⋯
이어폰이 고장날 때까지 쓴 적이 이번이 처음인 것 같다

뭐든 눈에 보이지 않으면 사고
맘에 들면 사는 성격 때문에
나의 재화는 차고 넘쳤다

모자가 살짝 찌그러져서
항상 그랬듯
휴지통 근처로 미련 없이 던져버렸다

어느 날 그 모자를 쓰고 나타난
남자친구

"그거 찌그러졌어
버린 건데"

"손으로 살짝 피니까 이쁜데 왜 버려"

나는 찌그러진 모자를 펴서 쓰는 방법을 몰랐고
그는 알았다

항상 부족해서
버리고 싶던 사람
그에게는 쉽게 버리지 않고
아름답게 간직하는 순수함이 있었다
내게는 그것이 없다
그래서 그의 순수함이 좋았다

아직 멀쩡하나
한쪽만 들리지 않는 이어폰을
미련하게 하루 동안
사용해본다
한쪽으로 들리는 음악소리
불편함

나는 그 불편함을 버리고
오늘
새로운 이어폰을 샀다
그리고 신나는 음악을 들으며
거리를 나선다

그리고
찌그러진 모자를 버리듯
버려진 이어폰처럼
옛사랑의 기억을 던진다

어딘가
모자를 줍듯
옛사랑의 추억을
줍는 그가 어린다

진짜 이별

그리울 때까지만 사랑인가 보다

떠올리면 가슴 설레고

가끔은 보고 싶을 때까지만 사랑인가 보다

멀리 있음

그대로 달려가고 싶을 때까지

생각도 나지 않고

다시 보면 외면하고 싶고

문득 그와 함께했던 시간과 공간이

진저리나게 싫은 지금

진짜 이별했나 보다

오르페우스의 하프

레테의 강을 건너
그를 잊으려해
사랑을 잃은 오르페우스처럼
프시케처럼
사랑을 간직한 채
잔인한 이별의 벌을 받은 이유

너와 나
의심으로
서로 믿지 못한 상처
가슴이 사랑한들
지울 수 있을까

하늘로 올라간

오르페우스의 하프처럼

사랑이란

두 글자

하늘에 쏘아 올리며

찢겨진 가슴으로

울며 하루를

보내야 하는 게지

고백

즐겁고도 아름다운 고백
과한 말에 돌아설까
눈치 보며 건네지 못한 말
이별 후에 한없이 외쳐보아요

사랑합니다
사랑합니다

박미나의 바보사랑 두 번째 이야기
가을

후유증

오래도록
오른쪽 가슴이 아프다
애별 후의 증상인데
근래 누군가와 사랑하지도
이별한 것도 아닌데
병명 없는 통증에
병원 앞을 서성인다

이별은 머리가 하고
사랑은 가슴이 한다지
그와 함께했던 모든 것들에
아니다 나쁘다 라는
내 머릿속 독재자의 명을 부쳐놓는다

하루는
아침을 선물하고
쉬라는 밤을 주는데

내 하루는
아침부터가 아닌 것 같다

제발 떠나라 할 때
떠나지 않고
언제부턴가
그는 내 마음속에서 소리 없이 나가줬다

머리로 이별을
먼저
통보하던 날
이기적인 습관처럼
사랑 앞에
너 나 한번 다시 돌아봐

박미나의 바보사랑 두 번째 이야기
가을

내 눈을 바라봐 주문을 외우며
정작 더한 상처를 그에게 주려 했던 것 같다

그러한 내심을 알았는지
그는 오히려
이별 앞에
성큼성큼 앞만 보고 멀어져 갔고
오히려
난
그의 뒤를 전쟁터에 내몰린 아낙네처럼
폭탄이 떨어진 너와의 추억의 부락에서
그리움이란 미련한 봇짐을 이고 지고
뒤따라갔다

이 사람 다시 돌아보겠지
이 사람 다시 오겠지
이별이란
포탄은 내가 던져놓고

전쟁 난 추억에서

너에게로 피난 가던

못난 나

이기적인 내게 벌하는

너의 이별이었다

정작

내 이별은

비참한 패배였다

이기적인 독재자 앞에서

더한 너의 사랑 앞에서

.

.

.

박미나의 바보사랑 두 번째 이야기
가을

지금의 아픔은

전쟁통에 입은

후유증인 듯하다

사랑할 때
이별 후에

사랑할 때

떠나던 자기에게 조르던 말

나도 데려가

이별 후에

떠나던 자기에게 던져준 말

나 좀 두고가

왜

내 맘 데려가

술 한 잔의 사랑

사랑은
술꾼처럼
취해야 한다
사랑은
깊은 술독처럼
지독히 취해야 한다
사랑은
끊을 수 없는 마약처럼
간절히 즐겨야 한다
비정한 거리 차갑고 급한 바람에 뿌려지는 낙엽처럼
이별은

던져지는 파도처럼 지독히 무정하고 비참해야 한다
오늘이 가고 내일이 온다

안녕 하고 만나

안녕 하고 이별한다

마른 잎은 흩어져 바람이 되고

바람은 낙엽을 흔든다

사랑은 지독히 취해야 하고

이별은 지독히 아파야 한다

한 잔에 담긴 사랑을 마시고

이별의 달디단 끝맛을 즐긴다

한거울

한 거리 귀장이 된

자유로운 주정뱅이 노숙인이 되어

사랑에 취하고 이별에 취한다

사랑의 술꾼

이별의 주정뱅이가 되어

오늘도

한 잔의 사랑

한 잔의 이별과

건배!

未練
내게 하는 위로의 말

함께 한 시간

수많은 약속에 익숙해지고

꿈도 이야기하고

서로에게 다짐하고

상상하는 미래에 당신이 있고

서로에게 의미 있는

밤을 지새우고

가까워지는 공간과 시간 속에

별은 내리고

가을은 내 가슴에 내리고

봄은 너에게 있고

아!
그날의 기억은 아득하고

떠나는 당신
잡을 수 없고
기다리지 않아도 찾아오는
계절과 하루처럼
그대는 여전히 내게 있고

그날에는
그날 이후로는
밤은 거칠고
내 입술은 마르고
너 없는 시간

한 촉의 시계 바늘 속에
나를 묶고 살아

내 스스로 하는 위로의 말

떠나는 당신
잊어 달라
말 아니하셨어요

저…

추억 저편
당신의 기억 속에 여전히 살아
기다림도 행복인 걸요

잔인하지 않게
이별할 줄 모르던
고마운 당신

떠나서 행복한 당신

못내 못 잊는 저를

나무라지 않은 착한 당신

저

아직도 사랑해요?

저

아직도 사랑해요

사랑 아닌 사랑

한참을 울고 나서야 보내요

눈물이 나서 그 눈물에 제가 취할 때 당신을 잊어요
당신 그림자
힘들어 못 견뎌도
차라리 없는 것보다 덜 허전할지 몰라
한참을 울고 나서야
당신을 향한
초라하고
걷잡을 수 없는 미련을 버려요

사랑해요
부르고 나면
눈물이 나요

어제도 오늘도 내일도 그러하겠죠

 사랑해요

부르고

눈물이 나면

당신은 그리 멀리 계셔요

사랑해요

아니

못 잊어 사랑해요

우리에게는 시간이 필요해요

밤이 되면
나무도
꽃들도 잠들고
하늘 햇님도 저 산 밑에서 쉴 텐데
시간은 왜 잠들지 않을까요?

초침 하나 붙들고
멈출 수 있는 시간이 있다면
당신과 만난 첫 순간
내 눈에 당신이 가득차서
행복했던 그날입니다

아득히 뒤돌아갈 수 있는 초침이 있다면

나 후회하지 않고

당신을 사랑한 그때입니다

우리에게는 시간이 필요해요

반성할 시간

서로를 이해할 시간

다행히 시간은 잠들지도

쉬지도 않아서

빨리 가겠죠

많이 보고 싶지만

우리에게는

시간이 필요해요

하루 종일 당신과 이별을 해요

머릿속에
작은 넷북을 넣어 놓고
하나씩
스토리텔링을 하듯
그때 그 시절
가슴 아픈 사연에 대하여
하나 둘 쏟아 내려 합니다.

그리움
사랑
애탐
설렘

그것들에 관하여
그 귀한
가슴 저린 환희를 잊고 사는
지금의 일상에서
그때의 환희에 대하여

마치 마약을 끊은 환자가
순간을 위하여
인생을 팔듯
아픈 기억속의 그대를
아름다운 기억 때문에 꺼내봅니다

단 하나의
지독했던 사랑에 대하여

한여름의 창문을 열면

넘치듯 다가선 온기에 눈가를 찌푸리며

멀리 다니는 사람들을

이유 없이 주시해 봅니다.

여름!

함께할 수 있었던 여름이

당신과는 없었습니다.

7년의 사랑

그리고

지독했던 이별

오늘처럼

하늘에서

햇살을 끊임없이 선물로 줄 때

떨쳐버릴 수 없는

그때, 그 시절의 가슴 저린 사연들로

당신과

종일토록 이별을 합니다

제3장

가을 소리

가을은 낙엽을 잃지만
나무를 버리지 않는다

〈작은 소리 1〉
여명

하루도 빠짐없이 하늘에서 주는

희망의 빛

〈작은 소리 2〉

꽃

가슴에 열정이 있는 사람은

시들지 않는다

곁에 사랑이 있는 사람은

꺼지지 않는다

꽃은 져도

뿌리는 자라듯

꺼져가는 심지가 괜히 살아나는 이유는

사랑과 열정이 있기 때문입니다

〈작은 소리 3〉
떠나라

꿈이라 머문 곳에
언제부턴가 갈 곳 없어 머물게 된다

허무란
아닌 곳을 가는 것이 아니라
아무리 노력해도
차지도 들지도
않는 곳에 머무르는 것이다

떠나라!
더
늦기 전에

〈작은 소리 4〉
信義

모든 것을 가져도
신의가 없는 사람은
잃을 것이며

부족하여도
신의가 있는 사람은
얻을 것이다

<작은 소리 5>

사랑과 시련

사랑은 어설픈 시를 쓰게 하고
시련은 어설픈 삶을 이야기한다

사랑은 시를 완성케 하고
시련은 삶을 완성케 한다

〈작은 소리 6〉

詩

도시의 불빛은 날 어지럽게 하지만
고향역 황혼은 날 황홀하게 합니다

시는
가난한 고향입니다

싫어 떠났다
다시 그리워지는

〈작은 소리 7〉

인생 뭐 있나요

인생 뭐 있나요

돌아보면

부끄럽지 않기

앞을 보면

따뜻하게 살기

박미나의 바보사랑 두 번째 이야기
가을

이쁜 커플

바람을 흔들어 보셨나요
구름을 물어 담가보셨나요
비를 적셔보셨나요
하늘을 걸어보셨나요

비와 바람 구름과 하늘
바람은 비와 흔들리고
구름은 하늘과 거닐어요

참 이쁜 커플이죠

우연히 찾은 시계

어느 해 겨울에 입었던
허름한 외투
작은 주머니 속
우연히 찾은 너
홀로 남아
외로운 적막 속에도
묵묵히
날 기다렸구나

다시 찾아줄 주인을
조용히 기다린 너
그때 그 시간을
물고 온 너에게

고맙다!

멈추지 않아 고맙다
홀로 나 하나 기다려줘서 고맙다

어느 해 외투 하나 걸치고 함께한 겨울바다
내 손 만지며 사랑한다던 그대
내 손목 만지기 편하라고 살며시 벗어둔
주머니 속 너였지

오늘 내일 잊혀지고 버려지는 시간에
찰칵하는 옛 프레임 속 과거를 살려와
아련한 추억 속으로 안내해주는 너

고맙다!

그때 그 떨림처럼

멈추지 않아 고맙다

그리

숨어서 기다려 줘서

고맙다

숨겨둔

오래된

애인처럼

그때는 참으로 아름다운 것이
많았던 겨울 바다에서

그때는 아름다운 것들이 참으로 많았습니다

당신과 함께 했던
시계 속 시간으로 가요

유난히 높던 당신의 콧대
살짝 올라간 눈매며
와인색 셔츠에 멋스런 검정 마이를 즐겨 입었던
당신을 그릴 때마다
언제나 그러하듯 눈가에 촉촉한 그리움이 맺혀요

그때는 참으로 아름다운 것이 많았습니다
이별의 바다- 바로 옆에서 마냥 좋았습니다

죽음을 망각한 채 살아가는 일상처럼

그 바다를 망각한 채

지쳐 가는 시간 속에서도

당신!

당신이라는 성에 갇혀

단지, 당신 안의 아름다운 것에 대하여 취하였습니다

그때는

겨울 바다!

그 혹독한 추위를

망각한 채 그저 행복하기만 했죠

거울바다 옆에서

마냥 행복하기만 했죠

당신이란 마법의 성에 갇혀

행복하기만 했죠

사랑이란 아름답지도 않은
실속 없는 실체임을 알 때까지

마치
마약에 중독된 영혼처럼
끊을 수 없는 당신의 영혼에 갇혀
사랑이라는
짧은 행복 뒤에
오는 아픔을 마시며 취했죠

어느 날부턴가

슬픔 위로
겨울바다는 밀물처럼
제 온몸을 적셨죠

처음으로 알게 된 사랑의 깊이만큼

내 영혼은

아픔으로 녹아갔죠

나의 일상은

모래성처럼

하나 둘

부서져 갔죠

그때는 참으로 아름다운 것이 많았던

겨울 바다에서

친구에게

십대는 아름다워야 하고,
이십대는 혼자 설 수 있어야 하며
삼십대는 돈을 벌어야 하고
사십대에는 현명해져야 한다

사람들은
시절에 맞게
사고의 옷을 그때그때 갈아입으며 살아갑니다

산책하듯 걸어온 과거
숨을 크게 들어 마시고 내리쉬는 날숨에 기억의 악보
를 펼쳐보아요

아름다운 노래

슬픈 노래

친구에게…

지금의 시련에 슬프더라도

훗날

같은 시대 속에 존재했다! 라는

당신과 저의 공통분모 위로

때론 기쁘고 때론 슬프고 때론 좌절했던

분자를 소소히 이야기할 수 있는 미래에

여전히 당신과 함께 하겠습니다

남보다 쳐지고 때로는 뒷걸음치는 당신의 순수함을

누군가 비웃더라도

그곳이 옳고 밝은 길이라면

기꺼이 그 길

기쁘게

동행하는 사람이 되겠습니다

사랑합니다

우주

곁에 있는 것들에 대하여
감사함을 잃을 때가 있습니다

하루의 친구들에게
감사하다
가슴으로 쓰다듬어 줍니다

하늘이 주신 하루분의 사랑
어김없이 떠오르는 태양과
한결 같은 당신
감사하다
기특하다

남겨진 것들에 대하여

뭐라 바라지 않고

나 이 세상에 존재하기 전에

존재했던

우주에 대하여

있어줘서 고맙다고

후세에도

당신만이면 족하다

말을 건네요

나는 잘 있는데

너도 잘 지내지?

사랑하는 사람들이 세상을 떠날 때

아름다운 사람들이 세상을 떠날 때
그들에게는 그들의 마음을 헤아려줄 수 있는 단 한사람의
친구가 없었다고 합니다
제가 당신께
인사를 드리는 이유는
저 부족하나마

당신께서
아픈 곳에 머무실 때
함께할 수 있는 벗이 되고 싶고
이기적인 사랑이 아닌
가장 초라할 때
술 한 잔 기울일 수 있는 사람
가장 외로울 때
밤새 전화할 수 있는 사람

가장 힘겨울 때
찾아갈 수 있는 사람

그런 사람이
되었음 소망합니다.
사랑합니다

가끔은

가끔은 지난 추억이 행복할 때가 있습니다

전에 살던 집

이미 헤어진 연인

괜한 싸움으로 연락이 뜸하던 친구들

철없이 다니던 학교의 교실

대학교 캠퍼스

소주를 처음 마셨던 계절

담배를 처음 피웠던 시절

너와 함께 손을 처음 잡았던 그곳

입맞춤만으로 설   던 가슴

모두가 그리운 것들인데

가끔은 지난 추억이 행복할 때가 있습니다

혼자 살았던 집

나름의 추억이 깃들었던 그때의 보금자리가 그리워집니다

더 멀리오고
더 넓은 곳에 있어도
당신과 추억이 어린
그때의 그곳이 그리울 때가 있습니다

박미나의 바보사랑 두 번째 이야기
가을

기다림, 아픔, 미련

기다림은
아직 남은 그를 위한
'사랑'이고

아픔은
그를 사랑한
'깊이'이며

미련은
미안해하는 사랑에 대한
'자책'이다

작별

같은 노래를 들어요
한 곡의 노래를 듣고 또 들어요
이승기의 되돌리다

반복의 키를 누르지 않고
멍청하고 수고스럽게
노래가 끝나갈 쯤 들었졌던 노래의 리스트를 헤매다
이 노래를 틀어요

가슴이 아파서
심장을 도려내고 싶은 걸요
썩은 이가 통증을 내듯
자정에 갈 수 없는 치과 앞에 서성이듯
내 속에 심장이 썩어

더 이상

제 속에 둘 수가 없어요

열 번째 다시 듣는 노래

되돌리다

되돌리고 싶은 과거 속에

제가 있어요

하늘로 이별한

인연들이 저를 향해 손짓하네요

비가 내려요

상처로 파인 마음속 웅덩이에 비가 고여요

가슴의 비가 눈물이 되어 내려요
다시
노래를 틀어요

되돌리고 또 되돌려도

나는 나쁘고
너는 슬프고
이별은 잔인하고
과거는 후회고
미래는 아득해요

지금의 이별을 멈추고
다시 틀어지는 음악처럼
이 생의 노래를 함께 부를 수만 있다면

매일 듣는 노래처럼

아!

슬퍼서 슬퍼서
매일 매일 눈물이 나요
노랫말에 마음을 실어요
"순간마다 네가 떠올라
아직도 널 잊지 않아
그리고 진정 우리는 행복했던 걸까"
오늘은 가슴이 노랫말을 표절하네요
내 가슴이 당신을 부르듯
임종 전에 당신의 사진을 그대로 스캔하듯
이 노래를 표절해요

아!
되돌리고 싶어요

되돌리고 싶어요

용서하서요

용서하서요

괴롭다 몇 번 외치고

아프다 몇 번 외치고

가슴을 몇 번 뜯어야

매일 듣는 음악처럼 당신과 함께할 수 있을까요

행복할 수 없을까요

매번 내게는 고통일까요

돌아보면

내게 아름다운 사람들은

왜 제게

빈 잔만 남기고 떠나나요

알 수 없이 눈물이 나요

당신 없이

허무하게 허물어져가는 하루

시인은 시인이다

오늘도 감사한 것은
시인이라는 것입니다.

미친 사랑의 노래
미친 시인의 노래

시인은 미쳤다고도 하고
또라이라고도 합니다

매번 접신을 하듯
떠다니는 언어와 전쟁을 치러요

매일
매번

감사한 것은
시인이라는 것입니다

하늘이 주신 유일하고도 거역할 수 없는
재능은
고통 속에서도
꽃을 피게 합니다

무엇 하나 아껴 주셔서
항상 부족한 제게
넘쳐나는 잉크 묻은 펜 하나 집어주시고
세상에 보내셨어요
그리고 함께 더하신
외로움과
고통의 잔
이 잔을 마치 알코올중독자처럼
한없이 들고 취해야
얻어지는

글을 쓰라고
사랑하는 사람들과 이별하는
선물 주고 가네요

어제도 오늘도 내일도
아파서
감사한 것은
시인이라는 것입니다

기억의 오솔길을 거닐다

비처럼 음악이 내려요
기억의 오솔길을 아득히 거닐다
우연히 우리가 사랑했던 길을 찾았네요

음악이 비처럼 내려요
이 길에는
아지랑이도 있고
청량한 바람소리
호박잎 아래 청개구리 우는소리
추억의 오솔길을 거닐다
그대 사랑했던 그 길을 가요
미워했던 징검다리
나도 모르게 하나둘
치워가며

당신 등에 업혀 행복했던 기억에 잠겨요

기억 저편

아지랑이 뿌옇게 피어나던 날

그때는 차마 건네지 못했던 말

참으로 내가 잘못했다

참으로 내가 잘못했다

비처럼 음악처럼

청개구리 슬피 우는 날에

내 편

누군가 나를 헐뜯을 수도 있고
누군가 나를 모함할 수도 있으며
누군가 나를 함정에 빠뜨릴 수도 있다

귀 기울이지 마라
진실이 아니니
기웃하지 마라
넘어갈 수 있으니
함께하지 마라
위험할 수 있으니

차라리
미련 없이 떠나라

정 나와 함께 가고 싶거든

날 믿기를

주책없는 내편이 되기를

내 부모가

내 누이가

내 동생이

위험에 빠졌을 때 당신을 외면하겠는가

내 가족이

모함을 받으면

진실이 아님을 묵인하겠는가

내편이 된다는 것

때로는 고난과 시련을

나눌 수도 있지만

그 사랑

죽을 때까지 함께 나누는 것

내게 간절한 사람은

가족 같은

사람

날 믿고 기다려주는

내 편이다

가을

바다를 보러 가던 길

쨍쨍한 햇살이
미워 눈을 찡그린 채
밤을 기다릴 때가 있습니다

고속도로를 타고
외곽을 달리던 날
차 안에 들었던 나

바다를 보러 가던 길
창밖의 풍경은 빠른 걸음으로 뒷걸음 치고
나는 그만큼 빨리 앞으로 갔습니다

바람을 안고 가던 차는
내가 밟는 엑셀만큼

정처 없이 달렸고

미련 없이 버려졌던

옛사랑의 기억은

밤하늘 흩어진 별처럼

슬픔이 되어 알알이 내 가슴에서

새어 나왔어요

창밖 풍경과 함께

눈물은

아름답게 알처럼 뒤로 튕겨 버려졌고

저는 여전히 앞으로 가는 차 안에 있었습니다

전진한 만큼 한 움큼씩 사라지는

창밖 세상

바다가 그리워서

달리는 것뿐인데

이 시간

이 순간

놓쳐지는 것들에 대한

미련이 밀려듭니다

고속도로를 타고
외곽으로 빠지던 길에는
아름다운 배경이 있었고
잃어진 꿈이 있었으며
바다를 향한
열정이 있었습니다

작은 소리

한 잔의 맥주

어디론가

떠나기 더딜 때

씻지 않은 개운치 않은 몸뚱이에

더하여 모자 하나 눌러 쓰고 가는 곳

집 근처 초라한 슈퍼에 들러

맥주 한 병을 들고 나와

빈티 나는 검정 비닐 봉투에 아무렇게나 싸 들고

역 주변에서

반길 이

하나 없어도

괜히 있을 만할

도통한

자유롭게 웅크리고 자빠진 사람들처럼

엉클어진 머리와 곱지 않은 자태로 이리저리 비틀거리며

집으로 향하는 300미터 쯤 되는 길을 걸어오다

아!

저 여자

미친 인이다

하면

괜한 욕지거리로 화풀이를 하고

왠지

황홀한 기분

자유로움을 만끽하고 집으로 돌아오는 길

한 잔의 맥주

이것이 언제부터인가

연인이 되고

식수가 되고

없어서는 안 될

자기 전 수면제가 된다

사랑하는 임께

드려야 할 모든 것이

버려야 할 욕망일 때

터벅 터벅

걸어 다니는

내 무수한 영혼의 클론들에게

안심하라고 안심하라고

버림받은 내 영혼

죽도록

보고 싶은 당신께

못다 한 말 못하는

벙어리 되어

길거리 노숙인 되어

차디찬 길거리에서

동냥하는 이유

묻는 이 있다면

그저

한 냥의 사랑이라도

주길 바라는 미련한 소망이라오

이 맥주 한 잔

그

그리움을 탓할

괜찮은 친구라오

맥주 한 잔에

그리움을 마시고

당신은 사라지고

박미나의 바보사랑 두 번째 이야기
가을

사자가 되고 싶어요

바다는 잔잔한- 바람에 미세하게 일렁이는 순박한
물결에 무정하며,
큰 파도에 삼켜지는 것들에 대하여
알고 싶어 하지 않으며

사람들은
파도!
그 잔인함에 대하여 논하려 하지 않으며
강자의 웅장함에 찬사를 보내듯
쉼 없이 다치고 상처를 받은 후에야
강자 앞에서
이빨을 드러내지 않는 사자가 되어 갑니다.

정상에 오르지 못한 사파리의 왕은

지쳐 쓰러지는 순간

짓밟히듯

바다가 파도를 만들 때까지

사자의 포효가 내 가진 것들에 대한 정확한 외침과 의미

를 담아낼 때까지

그 기다림의 시간을

그저

살면서 잊지 말아야 할 것 - 감사

쉴 수 있는 시간과
새로운 인연과 인사할 수 있는 기회와
아름다운 공간을 선물한 너에게
과한 선물을 받아들고
어릴 적 집 앞에서 서성이던 기억
오늘 받아든 모든 것들에 대하여
내일부터 남은 시계 속 걸음걸음
순간순간마다 책갈피로 꽂아 기억하겠습니다

순수의 나무

거짓 없는 아름다움
순수함
당신을 수식하는 소리입니다

멋진 목소리와
알 수 없는 매력
마법에 걸린 당신의 성으로 들어가고 있어요

하늘에서 천사로 내려와
세상에서 노래하는 당신
염려돼요
순수한 당신
험한 세상 퇴색될까
염려돼요

순수함이란

아픔 없이 자라는 나무이기에

저

그 보석을 지켜줄 팅커벨이 되어야겠어요

아픔 없는 나무로

아름다운 목소리의 천사로

큐피트의 모습 그대로

세상의 별이 되길 기도해요

추운 겨울을 두려워하지 않는 나무는

새로운 계절의 푸르름을 간직한 채

그 자리를 지켜요

벌거벗은 나무의 신의는

화려함과 속세의 고민에 흔들리지 않아요

추운 겨울에

작은 소리

초대해요

따뜻한 제 마음속에 계서요

사랑합니다

순수의 나무 그늘 아래서

햇살을 기다리는 밤에

밤은

햇살과 잠시 이별한 것이지

세상에 버려진 것이 아니잖아요

밤은 낮의 반대일 뿐

햇살이 미워하는 것이 아니잖아요

밤은

달님과 별님의 친구도 있고

하루의 반이잖아요

밤은

햇살을 기다리는 것이지

하늘의 미움은 산 것도 아니고

세상에 버려진 것이 아니잖아요

기다림의 수레는

기다림의 수레는

비탈진 산맥 정상에 서서

손가락 하나로 밀기만 하여도

쉼 없이 당신께 달려가요

이미 꺼져버린 자기 마음 속 저인데

이미 꺼져 버린 자기 마음 속 저인데

저 혼자 뜨거워요

저 혼자 붉어져요

이미 꺼져 버린 태양 아래

열기를 머금은 대지처럼

나 자기만

바라보던 낮은

세상이라

이미 꺼져 버린 자기 마음 속 저라서

저 혼자 뜨거워요

고향역 공중전화기

기억 저편에서
아련히 다가서는 것들에 대하여

그때 그 시절
어머니의
전화 한 통
그리울 때가 있습니다.

몇 백만 원 짜리 술을 마시고
몇 천 짜리 차를 타고
과히 가늠해도 솔찬한 금액일 거라는
가방을 들고
길거리를 다니며

우연히 영화 속에서
나올법한 공중전화기
앞에 서서
그리워야 할 것들에 대하여
괜한 눈물을 흘립니다

순수한
순정이 그리워
나도 모르게
공중전화 작은 공간 속에
내 몸을 가둔 채

수화기를 들어 봅니다.

"엄마

저여요!"

"그래 잘 지내니?

몸은 건강하고

전화세 많이 나온다

끊어라"

그리 말해 주는

어미가 그리워집니다.

맘대로

내 애인을 방으로 끌어오고

해외에 있는 친구와 밤새 뒹굴며

이야기할 수 있는

내 손에

잡힌 폰이

왜 이리 미운지요

그리워

그리워

가끔

내 호주머니에

몇 푼 있을 때야

간절히 이야기할 수 있던

그때 그 시절이 그립습니다

내 어머니의

나지막한 목소리가 그립고

몇 푼 되지 않은

그 전화비 걱정에

배어 나오는 아름다운 가난함이

가슴을 울립니다

사랑하는 가족

사랑하는 당신

당신을 그리는 이 시간

그리 아파하고
그리워하고
간절하고 부족하고

내 당신의
목소리에 하늘을 보고
내 당신의
편지 한 통에 파도가 됩니다

아 !
아름다운 당신

고향역
작은 공중전화기가 되어
당신을 고요히 기다립니다

박미나의 바보사랑 두 번째 이야기
가을

안녕

나의 사랑

그리고 눈물

내 사랑하는 어머니

공중전화기 속

작은 당신을 향한 그리움의 공간에서

그 옛날

어머니의 전화 한 통을 그리듯

당신을 향한 공간에

몸을 가둔 채

당신을 기다립니다

고향역

어머니를 기다리는

아이가 되어

겨울 앞에 가을은

가을은 들판을 달리라 합니다
가을은 바람을 타고 돕니다
가을은 내 속에서 웁니다

겨울과 나란히 서서
가을은 빛바랜 추억이 되질 않길

가을은 낙엽을 잃지만
나무를 버리지 않는다